LE MAL NOIR

DU MÊME AUTEUR

Tous les ouvrages de Nina Berberova
sont publiés aux éditions Actes Sud

Titre original :
Tchernaia Boliezn

© ACTES SUD, 1989
ISBN 2-7427-0188-5

Illustration de couverture :
Odilon Redon
La Couronne, vers 1910 (détail)
Musée d'Orsay

Nina Berberova

LE MAL NOIR

roman traduit du russe
par Luba Jurgenson

I

Les boucles d'oreilles étaient restées neuf ans au mont-de-piété. La terre, elle, avait continué de tourner, divers événements s'étaient succédé, qui avaient ébloui ou ébranlé les hommes. Les boucles d'oreilles dormaient dans leur boîte numérotée. Pendant ces neuf ans, j'avais payé les intérêts. Quand on place son argent à la banque, on sait au moins qu'il n'y dort pas, qu'il disparaît dans la tourmente capitaliste pour ressurgir dès qu'on en a besoin. En revanche, les boucles d'oreilles, les vieux habits, les gramophones, l'argenterie dorment, et pour peu qu'on cesse de payer, ils s'en vont à tout jamais.

Le mont-de-piété de Paris est un des pires endroits au monde. Des murs gris, une odeur de désinfectant, deux rangées de banquettes. Chacun sait ce que les autres font là. On confie l'objet à un employé en blouse grise, qui vous donne un numéro, et au bout de quelques minutes il vous appelle :

— Le vingt-trois ! Sept cents !

On vous prête sept cents francs. Vous allez les retirer au guichet, à moins que ce ne soit vraiment trop peu, alors vous demandez qu'on vous rende votre objet. Il ne vous reste plus qu'à partir. Mais où ?

Pour les bijoux, on peut parfois tenter de demander un peu plus. Les bijoux, c'est l'or, le platine, les diamants. Rubis, émeraudes et saphirs ne sont que des pierres de couleur. Quant aux perles, on n'en donne rien du tout, car loin de leur maître, elles meurent.

Serrés sur les banquettes, les gens attendent le verdict. Il y a neuf ans, j'y étais aussi, entre une femme à qui on n'avait rien donné pour ses quatre vieux draps, et un homme à barbiche qui ressemblait à Lénine. Il avait apporté un livre ancien, on lui en proposait deux cents francs. Il tenta d'expliquer que c'était une édition de 1747.

— C'est oui ou non ? hurla l'employé.

Et il dit :

— Oui.

Les boucles d'oreilles n'avaient pas trahi mes espoirs. Elles avaient chacune un diamant gros comme un bouton, parfaitement transparent. Au mont-de-piété on donne près du tiers de la valeur. C'était bien cela, elle m'avait souvent dit qu'en vendant les boucles d'oreilles on pouvait vivre six mois à deux. Seul, j'aurais tenu une année entière.

L'argent partit le jour même. Je réglai les frais d'enterrement et d'hôpital, tout sauf les deux dernières transfusions sanguines. Je dus vendre sa petite montre. Le joaillier qui l'acheta me dit de repasser sous huitaine.

— Si je la vends bien, vous aurez un peu plus.

Et quand je revins, il m'annonça :

— Je vous dois encore dix pour cent. Je l'ai vendue hier, et bien. Je ne touche jamais plus de vingt pour cent de bénéfice. C'est mon principe.

Je le remerciai.

— J'aime ça, les principes, ajouta-t-il avec un sourire gêné, il y en a qui s'en moquent. Moi, je trouve qu'une vie sans principes, ce serait une saleté pure et simple.

Il y a de cela neuf ans, et depuis, je n'ai jamais eu de quoi dégager mon bien. A présent, j'avais décidé de bouger, d'aller en Amérique. Je ne suis pas du genre énergique, mais c'était le moment ou jamais. Une telle vie ne pouvait plus durer, il fallait qu'elle change – grâce aux boucles d'oreilles. J'avais obtenu mon visa depuis une semaine et déjà réservé une place sur le bateau. J'avais maintenant besoin d'argent pour acheter mon billet et m'installer. La solution, c'était de vendre les boucles d'oreilles. J'avais tout calculé, au centime près. Je n'aimais pas particulièrement passer mes soirées le crayon à la main, mais tout le monde y est obligé, et je ne faisais pas exception. Cette petite arithmétique participait d'une évidente nécessité : connais-toi toi-même.

Pour vendre les boucles d'oreilles, il fallait d'abord les dégager. Bien sûr, je ne pouvais le faire moi-même. Je retournai chez le joaillier.

Il examina attentivement la quittance.

— Oui, il m'est déjà arrivé d'accepter ce genre de choses, dit-il, je dégagerai vos boucles d'oreilles demain matin. Au mont-de-piété on prête en général un tiers de la valeur. Je pense qu'on les vendra bien. Venez demain à midi.

Je revins le lendemain. Le magasin était vide, mais derrière le rideau qui le séparait de l'atelier je sentis une présence. Je toussotai, et me mis à regarder les bagues et les broches en vitrine. De tous côtés, on entendait le tic-tac des montres, grandes et petites.

Il entra, tenant ouvert un écrin de velours, tapissé de soie blanche.

— J'ai une mauvaise nouvelle, annonça-t-il. Si j'avais su, je n'aurais jamais accepté de m'en occuper. L'une des deux pierres ne vaut rien. Elle a le mal noir. Tenez, regardez vous-même.

Il me colla sur l'œil une grosse lentille de verre, et je me penchai sur l'écrin. Tandis que je fixais le diamant, complètement noir, la terre semblait chavirer sous mes pieds, s'ouvrir et m'engloutir. Au-dessus de moi des étages s'écroulaient ; San Francisco, Messine, Lisbonne me tombaient dessus… Sans doute de vieilles scènes de films, restées dans un coin de ma mémoire.

— Cela n'a pas pu arriver en neuf ans. Il faut un million d'années, disait le joaillier avec un brin de tristesse dans la voix, en penchant sa tête grisonnante. Je ne comprends pas comment ils ont pu faire cette erreur. Ils ont un expert, qui ne se trompe jamais. Il n'a peut-être regardé qu'une seule pierre ? Vous aurez de la chance si vous arrivez à en tirer le prix du gage. Pour me rembourser. Moi, je ne peux pas les vendre.

— Vous ne pouvez pas ? Et qui le peut ?

— On va réfléchir. Vous êtes dans le pétrin.

— Quand voulez-vous l'argent ?

Il me regarda par-dessus ses lunettes.

— Mettez-vous à ma place, dit-il de sa voix égale, cette somme, je l'ai sortie de ma poche. J'aimerais l'avoir ce soir. Je prends des risques, vous pourriez ne plus revenir.

Il apporta un annuaire, et je me mis à le feuilleter frénétiquement, cherchant l'adresse des joailliers qu'il m'avait conseillés.

— Vendez-les à celui qui donnera le plus, disait-il. Il y a Oghinson. Il paie bien, parfois.

— Oghinson… O… Je tournais le livre dans tous les sens, mon esprit se brouillait. Comme c'était étrange, après le M on tombait directement sur le N. Le O n'existait plus.

— Le O est après le N, dit-il patiemment.

— Après le N c'est le P, marmonnai-je, il n'y a pas de O dans cet annuaire. Les pages ont dû être arrachées.

— C'est impossible, dit-il d'un air triste. Le O a toujours existé.

— Il est avant ou après le P ?

— Regardez immédiatement après le N ! cria-t-il, soudain effrayé.

Je trouvai Oghinson. Cela nous calma.

— A votre place, dit-il, je retournerais au mont-de-piété et je tenterais de les engager pour la même somme.

Je le remerciai pour son conseil, et me collai à nouveau la lentille sur l'œil. Des millions d'années. Le mal noir. La pierre tenait bien dans sa monture d'or.

— J'espère, dit le joaillier, que vous ne me soupçonnez pas d'avoir remplacé le diamant ?

— Je n'y ai même pas pensé.

— Ce serait une saleté, dit-il, en allant vers l'angle de la pièce. J'ai des principes, moi !

— Je vous jure, l'idée ne m'a même pas effleuré.

— Je vous crois. Et il est exclu qu'on l'ait fait au mont-de-piété. Ils scellent la boîte tout de suite, personne ne peut y toucher.

Nous nous regardâmes.

— Vous savez, dit-il, dans la vie il y a des choses inexplicables, des questions auxquelles on ne peut pas répondre. Une fois, quelqu'un a volé sur mon bureau une lettre qui valait très, très cher. Je me trouvais dans la pièce, je n'avais vu personne entrer. On ne l'a jamais retrouvée. Oui, plus j'y pense, plus je suis persuadé que l'expert a regardé les deux pierres.

Messine et Lisbonne, et la lettre O disparue ! Quel cauchemar, tout cela ! Le matin, les choses paraissaient si simples, tandis qu'à présent mon voyage devenait impensable. Mais chaque minute était précieuse. J'enveloppai l'écrin dans un mouchoir.

— Ne le perdez pas, dit le joaillier, et apportez l'argent aujourd'hui, je vous en prie.

Je retournai au mont-de-piété. Ce lieu sordide grouillait de monde. On me donna un numéro – le soixante-quatre – et je m'assis, entre une femme qui tenait sur ses genoux une vieille couverture, et qui apparemment ne savait plus où aller, et un homme plus très jeune, vêtu correctement, qui ressemblait à Nicolas II. Il avait apporté un éventail en écaille. Je pensai alors qu'il n'y avait pas de pire endroit au monde.

— Le soixante-quatre ! cria-t-on au guichet.

A présent, ils avaient vu les deux pierres, et me proposaient la moitié.

— C'est un malentendu, dis-je, bouleversé. Ces boucles d'oreilles ont été dégagées ce matin. Elles valaient le double !

L'homme en blouse grise me regarda un instant, disparut derrière la cloison, et revint vers l'écrin.

— C'est la valeur d'une pierre, dit-il, et je vis qu'il avait un œil voilé par la cataracte. L'autre ne vaut rien. Vous pouvez la reprendre.

C'était comme pour ses yeux : l'un des deux ne valait rien.

Je traversai le couloir, l'escalier, la cour. Je visitai cinq ou six joailliers, ce jour-là. Tous ne prenaient qu'une seule pierre, et n'en donnaient pas assez pour payer ma dette. Il était presque six heures quand je trouvai enfin Oghinson, chez lui, et non dans une joaillerie. Une femme entrouvrit la porte sans enlever la chaîne.

— Qui êtes-vous ?

Je ne trouvai pas à répondre.

— Qui vous envoie ?

J'expliquai. Elle s'éloigna en traînant les pieds. Au bout d'un long moment, la porte s'ouvrit et on me fit traverser une antichambre obscure et longue, en direction d'un cabinet obscur et long. Là, devant un bureau vide, lisse et verni était assis un homme très gros. Deux canaris chantaient dans leur cage près de la fenêtre, juste au-dessus de sa tête.

Gros, pâle, vieux, immobile, il se reflétait, tel un bloc de marbre, dans la grande table lisse.

— Combien en voulez-vous ? demanda-t-il après avoir examiné les pierres.

Seuls ses poignets bougeaient. Je dis le montant de ma dette. Il me regarda, mais ne sembla pas me voir.

— C'est beaucoup pour une seule pierre, dit-il. Il faudrait la monter sur une bague. L'autre, je n'en veux pas.

Ce fut le silence. Les canaris secouaient leur cage. Les fenêtres fermées laissaient passer le bruit de la rue. Ça sentait la poussière et le tabac. En moi, tout tremblait de tension.

Il examina les boucles d'oreilles encore une fois.

— Dès le début, dit-il lentement, le mal était en elle. L'homme n'existait pas encore, mais la contagion avait déjà fait son œuvre.

Le souffle me manqua.

— J'accepte quand même. Et j'ai changé d'avis, je garde la deuxième pierre.

Il sortit le portefeuille de sa poche et compta les billets. En partant je dis bien fort : Au revoir ! Mais il ne répondit pas. Dans la rue, je restai quelques instants sous le choc : Messine et Lisbonne étaient passés au-dessus de ma tête… Je portai l'argent au joaillier, après quoi, affamé, épuisé, je rentrai chez moi, me laissai tomber sur le lit et restai prostré jusqu'à la tombée du jour. Si quelqu'un m'avait procuré une bombe, vers qui l'aurais-je lancée ? Le premier joaillier ? Le deuxième ? L'homme en blouse grise ? M. Oghinson ? L'expert du mont-de-piété ? Eh bien non, je l'aurais jetée dans cette horrible salle qui pue le désinfectant, juste à l'entrée, où l'on a gravé : Liberté, Egalité, Fraternité. Mon voisin de palier, Michel Néron, un homme sans activité particulière, prétend que les Russes arrivent toujours à s'en tirer, quelles que soient les circonstances. C'est fou, la chance qu'ils ont !

— Où est-elle notre chance ? lui criai-je quand il passa me voir, tard dans la nuit. Où ? J'aimerais bien le savoir.

Bien sûr, il ne pouvait pas répondre. Et comme il déteste qu'on crie, il partit en haussant les épaules, sans rien dire.

17

Le lendemain, c'était samedi. J'avais le dimanche pour réfléchir. En vendant tous mes biens – au lieu de les donner –, je ne réunirais qu'un quart de la somme. Inutile de me perdre dans des calculs. Où trouver le reste ? Je passai en revue l'ensemble de ce que je possédais. Même si je me dépouillais de tout, ne gardant qu'un rasoir, une brosse à dents et ce que j'avais sur moi, je n'étais pas plus avancé. Il n'y avait pas de solution. Plus vite j'oublierais ce voyage, mieux ce serait. Je n'avais personne à qui emprunter de l'argent. Quant à Droujine, il était inutile de lui écrire à Chicago, pour une raison très simple, mais que je tairai pour l'instant.

Je comptais et recomptais : deux alliances, des livres, des vêtements, une radio, vieille, mais en bon état… La journée me parut interminable. En fait, il me semblait par moments que la décision avait déjà été prise, qu'il n'y avait plus rien à faire, sinon arrêter d'y penser.

A cinq heures passées, le concierge frappa à ma porte :

— On vous demande en bas. Une demoiselle.

Je me lissai les cheveux, enfilai ma veste et descendis, sans même me demander qui ce pouvait être. Une jeune femme inconnue m'attendait au rez-de-chaussée, elle était en pantalon, la cigarette à la bouche. Il n'y avait personne d'autre sur le palier. La radio hurlait, quelque part.

— Bonjour, me dit-elle en russe et en me tendant la main. Je m'appelle Alia Ivanova. Puis-je vous parler ?

— Bonjour. Je vous demande pardon, ma chambre est en désordre. Montons, si vous voulez…

A deux reprises, elle me jeta un coup d'œil rapide, puis encore un, comme si elle me trouvait quelque chose d'extraordinaire, alors que j'ai un visage plutôt banal.

Dans la chambre, elle regarda les murs, les meubles, et elle s'assit sur l'unique chaise près de la fenêtre. Moi, je me mis sur le lit.

— Comment vous expliquer ? dit-elle en me fixant de ses yeux noirs et brillants. Son visage fin semblait un peu maladif, ses mains en revanche laissaient deviner une énergie, une force. Je sais que vous partez pour l'Amérique. Ne me demandez pas comment je l'ai appris. C'était difficile, j'ai même dû payer. Il y a un homme qui vend des adresses. Vous venez le voir, il vous montre une liste par quartiers. C'est quand on cherche une chambre.

Je répondis aussitôt :

— Ce n'est pas mon affaire, ça. Adressez-vous à la propriétaire, en bas.

Alia éteignit son mégot.

— Elle va refuser. Elle doit avoir sa liste. Ou alors, elle me la louera trois fois plus cher. Vous, qui habitez là depuis plusieurs années, vous avez un loyer fixe. Si pendant un mois je partage votre chambre, je la garderai ensuite pour le même prix. Je pourrais emménager dès demain matin.

— Mais vous voyez bien, il n'y a qu'un seul lit.

— Aucune importance. Je dormirai sur ce divan.

Dans un coin, près du lavabo, se trouvait un divan à trois pieds, à peine assez grand pour un enfant.

— Vous ne saviez pas qu'on pouvait gagner de l'argent comme ça ? Selon la loi, pour garder cette chambre, je dois y habiter avec vous au moins un mois. Je sais, ce ne sera pas commode, je vais vous gêner, mais que voulez-vous ! Je vous dédommagerai.

Je toussotai.

— Je vous donnerai une partie de l'argent demain, quand j'emménagerai, et le reste, mettons, dans quinze jours. Tous les deux, nous prenons un risque. Vous pouvez très bien me mettre à la porte après avoir encaissé l'argent. Moi, je peux ne pas vous donner le reste. On dit que certains font appel à une tierce personne, à un témoin. Si vous le voulez, je suis d'accord. Mais il me semble que ce genre d'affaire devrait être réglée sans témoin. Dans la confiance.

Elle se tut, sans me quitter des yeux. Sans doute s'attendait-elle que je dise que la confiance, en affaires, ne menait nulle part.

Je dis :

— Vous avez payé pour avoir mon adresse. Vous voulez me payer moi. Si vous êtes riche, pourquoi cherchez-vous une chambre bon marché ?

— Vous êtes drôle ! Elle sourit, et je vis que le sourire l'embellissait. Ses yeux brillaient encore plus. Je ne suis pas très riche. Cela m'arrange de vous donner cinq mille francs pour n'en payer ensuite que six cents par mois. Aujourd'hui je ne vis pas chez moi, et j'en paie deux mille. Vous comprenez ?

Avec cinq mille francs, je pourrais peut-être m'en tirer, pensai-je.

— En ce moment je ne vis pas chez moi, dit-elle à nouveau, et une ombre passa sur son visage. Je ne peux plus y rester. Il faut que je déménage.

Je me levai, fis quelques pas dans la chambre, et de nouveau je m'assis sur le lit.

— Réfléchissons calmement. Supposons que je reste encore un mois, c'est à peu près ce que je comptais faire. Vous habiterez ici. C'est moi qui dormirai sur le divan, bien sûr. Nous pouvons aussi descendre le matelas par terre, ce sera plus commode. A quelle heure partez-vous, le matin ?

— Je ne pars pas, le matin.

— Vous ne travaillez pas ?

— Je travaille le soir.

— C'est encore mieux. Vous rentrez tard, je dors. Le matin je pars, vous dormez.

— Le problème du sommeil semble vous préoccuper, fit-elle, étonnée. Enfant, j'allais dans des camps d'été, on dormait par terre, dans un duvet, ou sous la tente, tous ensemble. Pour moi, ce n'est pas un problème. Je croyais que vous tiendriez à fixer tout ça par écrit. Je veux dire, notre arrangement.

— Mais comment, puisque nous concluons une affaire illégale ?

— Illégale ? Pourquoi ? Vous ne me faites passer ni pour votre sœur ni pour votre femme. Vous ne trompez personne. Nous habitons ensemble pendant un mois, puis vous partez, on n'est pas obligé de dire que c'est pour toujours. Je garde la chambre, et au bout d'une année, comme vous ne rentrez pas, on la met automatiquement à mon nom.

— Et vous ne pourriez pas emménager la veille de mon départ ?

— Pour qu'on me mette dehors ?

Elle ouvrit son sac et me montra une liasse de billets.

— Il y a deux mille francs, vous les aurez demain. Je vous en donnerai deux mille autres dans quinze jours et mille avant votre départ. On m'a dit que cela se faisait comme ça.

Je me levai, vins tout près d'elle, et me surpris à dire :

— Je veux toute la somme cette semaine. Il faut que je paie mon billet. Je ne peux pas attendre.

Elle ne s'affola pas, sembla presque contente.

— C'est d'accord. Je ne savais pas que vous étiez si âpre au gain.

Et elle sourit, me dévisagea d'un air intrépide. Ne supportant plus de rester assis à la regarder, je proposai :

— Avez-vous le temps de prendre un café ?

Nous descendîmes dans la rue. A l'entrée de l'immeuble, sur le trottoir, se tenait Mme Boveau, la logeuse. Alia Ivanova posa sa main sur mon épaule, comme font les Parisiennes, montrant ainsi à la propriétaire, aux passants, à la ville entière que j'étais son homme, son captif.

Nous nous assîmes dans un café. Alia but une gorgée et se leva pour téléphoner. J'entendais des bribes de conversation. Elle appelait une certaine Zina pour lui dire "qu'il voulait tout l'argent la semaine prochaine" et qu'un conseil de Jeannot lui serait utile. Puis, répondant sans doute à une question : "Oui, il inspire confiance. Complètement. Mais pour exiger, il exige."

Nous passâmes ensemble une demi-heure. Elle fumait, pensive et silencieuse. Je la regardais. Tout son corps semblait allongé, comme si on l'avait tiré vers le haut. Elle avait des cheveux lisses et courts, des oreilles étroites, un visage ovale, un cou légèrement trop long. Son teint, blanc ou plutôt pâle, était d'une pureté, d'une netteté particulières, et tout entière elle paraissait limpide : ni ses yeux ni son sourire ne laissaient place à l'ambiguïté ni à l'énigme. Sans doute cela venait de ses yeux noirs, de ce regard clair qu'elle posait sur les choses et, par moments, sur moi.

Je n'étais pas fier de moi, et l'idée d'accepter son argent ne me réconfortait guère. Nous allions passer sous le même toit un moment pénible, dans la promiscuité la plus gênante. Je voyais déjà qu'il me serait impossible de bien dormir, de m'isoler un instant. Ou serait-ce au contraire drôle et léger ? En tout cas, il s'agissait d'une expérience tout à fait singulière.

Elle emménagea le lendemain, ayant pour tout bagage une vieille valise noire, usée. Ne voulant pas me gêner, elle n'en sortit qu'un costume de théâtre : une large jupe de mousseline mauve et un corsage à paillettes d'argent qui, une fois suspendus au crochet de la porte, remplirent la pièce. On installa mon matelas par terre, on fit nos lits (elle avait apporté deux draps et un coussin). Alia se lava, se maquilla les yeux, et, déjà en costume, s'assit avec précaution sur le bord de la chaise, par égard pour la jupe mauve. Elle était danseuse à *l'Empire*, où elle exécutait, avec son partenaire, deux numéros permanents. Cela faisait quatre ans qu'ils travaillaient ensemble, ils avaient déjà dansé au Casino de Paris. Adolescente, elle avait voulu devenir ballerine, avait même travaillé avec Olga Ossipovna, mais "le sort" en avait décidé autrement.

— Comment est-il, votre partenaire ? demandai-je.

— Mon partenaire... Il m'a cassé un doigt il y a trois mois. Mais je ne peux pas le laisser tomber. On nous mettrait dehors. L'un sans l'autre, nous ne valons rien.

— Mais il n'a pas fait exprès, tout de même ?

— Bien sûr qu'il l'a fait exprès, et en plein spectacle ! Quelque chose l'avait énervé. C'est un vrai fou ! En me recevant sur ses bras, après m'avoir lancée en l'air, il m'a cassé le petit doigt, de rage. J'ai passé trois jours à l'hôpital, on a failli m'opérer.

Elle tendit son petit doigt gauche et l'examina attentivement.

— Il est tordu ?

— Non, je ne crois pas.

— Moi, je crois qu'il est resté tordu, dit-elle, et elle fronça les sourcils. Les coins de sa bouche s'abaissèrent, mais un instant plus tard elle souriait.

— Je m'arrangerai pour laisser mon costume à *l'Empire*, il encombre la chambre. Vous le trouvez beau ? C'est Gontcharova qui l'a dessiné pour moi.

Elle partit, et mille pensées déchirantes m'assaillirent. Un sentiment de honte, d'impuissance, la conscience de mon inutilité, de ma faiblesse. Décidément, j'étais incapable de me réveiller, de renaître, de vivre comme les autres ! Que dirait Droujine s'il savait ? Dommage que je ne puisse lui écrire ! Et que penserait de tout cela un homme lucide et plein de bon sens comme Michel Néron ? Hier, on me refile un mauvais diamant à la place d'un bon. Aujourd'hui on s'installe chez moi. Et je ne porte pas plainte, je ne chasse personne. Dire qu'il y a des hommes qui sont comme un roc, comme un arc bien bandé ! Il était clair qu'Alia ne me paierait pas et que le joaillier avait tout combiné avec Oghinson.

Mais cela ne dura qu'un instant, après quoi mes pensées prirent une autre direction. Le vieux paravent de bois, derrière lequel s'abritaient le lavabo, le tabouret avec un brûleur, une poêle et une bouilloire, était appelé à jouer un grand rôle dans notre vie commune. Il se déplaçait et se pliait facilement. J'eus vite fait de me rendre compte, cependant, que j'étais le seul à en avoir besoin. Alia, elle, habituée à se déshabiller n'importe où, devant n'importe qui, ôtait ses vêtements sans la moindre gêne et, en petit tricot et soutien-gorge noirs, allait se laver. Son corps, dont chaque muscle avait été travaillé, et qui lui procurait son pain quotidien, était, comme son visage, net, pur, légèrement immatériel.

Le mercredi matin elle me donna l'argent, et j'achetai mon billet. Les deux alliances complétèrent la somme. A la fin de la première semaine, notre vie prit un cours régulier ; seule l'idée d'avoir fait payer une chose qui ne m'appartenait pas me pesait. Je me levais à sept heures du matin. Alia dormait encore, le visage contre le mur. A huit heures je partais. J'étais employé dans un cabinet d'architecte. Mon travail consistait à choisir les carreaux de couleur pour des mosaïques, parfois même à exécuter des dessins, ce qui me valait le titre d'*artiste*. Je rentrais après dîner, à huit heures et demie ; quand j'avais du travail, je ne me ménageais pas. Alia était déjà partie. Je trouvais la chambre bien rangée, le matelas poussé sous le lit. Il y avait des anémones dans un verre sur la petite table. Le collier d'Alia pendait à un clou près de la fenêtre. La cafetière était pleine, je la faisais chauffer, buvais du café, et à onze heures j'étais au lit. D'habitude, quand elle rentrait – vers une heure du matin –, je dormais déjà. Parfois, elle allumait une lampe sur la table, mais la cachait aussitôt.

Dix jours environ avant mon départ, je me réveillai la nuit. Alia, assise à la table en vieille robe de chambre, lisait un livre en mangeant du pain et du chocolat. Une étoffe bleue dissimulait la lumière, et un reflet bleu tombait sur son pied nu, allongé et pâle. Elle ne pouvait lâcher son livre. En observant son profil sérieux, penché sur la page, et sa petite tête brune, ainsi que la main longue et fine qu'elle passait dans ses cheveux, j'eus un pincement au cœur. Elle était là, si près de moi ! J'en ressentis un terrible bonheur.

— Il faut dormir, dis-je tout bas.

Elle tressaillit, retira sa main, me sourit.

— Ça va, par terre ? Vous ne dormez pas ? demanda-t-elle.

— Parfait. Je suis très bien, par terre ! Et puis pourquoi ? Qu'est-ce que cela peut vous faire ?

Elle se replongea dans son livre, toujours le sourire aux lèvres. Les yeux fermés, je guettais les bruits : le froissement des pages et, de temps en temps, un grincement de chaise, le chocolat qui croquait sous ses dents. Bercé par cette harmonie de sons qui dansaient autour de moi, je glissai doucement dans le sommeil. Une seule chose, enfouie au fond de ma conscience, empoisonnait cette joie : son argent.

Quelques jours plus tard, en sortant de mon travail à l'heure du déjeuner, je rencontrai l'avoué N. que je n'avais pas vu depuis longtemps. Nous nous saluâmes, tout contents de nous retrouver.

— C'est le sort qui vous envoie ! lui dis-je. Je pensais à vous, je m'apprêtais à vous demander une consultation.

Nous déjeunâmes ensemble. Je le laissai raconter ses problèmes. Il se plaignait de sa belle-famille, qui entretenait avec lui des relations d'argent très compliquées. Une fois ce sujet épuisé, il me pria d'exposer mon "affaire".

— Si on allait à mon bureau ?

C'était tout près, et au milieu de téléphones qui sonnaient sans discontinuer, je lui racontai l'histoire d'Alia. Je voulais savoir si elle pourrait garder ma chambre.

— Sans aucun doute, dit-il, elle a bien fait. Chapeau ! On ne peut ni la déloger ni augmenter son loyer. C'est bien joué. Mais vous, vous vous êtes fait avoir. J'aurais pu vous trouver un meilleur client. Pourquoi ne m'avez-vous pas consulté ?

— J'ignorais complètement cette pratique. Ce n'est donc pas de l'escroquerie ?

— En voilà un mot ! Vous n'y pensez pas !
Ça se fait couramment ! Il aurait été stupide
de ne pas sauter sur l'occasion ! Elle a eu de
la chance, elle ! Une chance folle. Vous ne
pouvez pas imaginer les histoires qui arrivent. Je peux vous citer un cas récent : l'ancien locataire a refusé de partir. Un mois
passe, deux, trois, il est toujours là. Je dis à
cette dame (la dame devait partir, le mon-
sieur, lui, restait) : Vous avez donné votre
parole, et maintenant vous vous incrustez !
Vous avez pris l'argent ! Elle me répond : Et
où irais-je ? Je suis bien ici, nous nous enten-
dons à merveille. Ça, c'est elle qui le pense !
Lui, il porte plainte au tribunal. Ma belle-mère
croit peut-être aussi que nous nous enten-
dons bien.

Vint le dernier dimanche. Alia travaillait
en matinée. Le dimanche, elle partait à une
heure et rentrait à quatre pour repartir à huit.
Nous déjeunions ensemble au petit restaurant du coin, où nous avions "notre" table.
Une serveuse replète apportait les plats en
fredonnant, un vieux Hongrois jouait de l'har-
monica, assis sur un tabouret que le patron
en personne avait installé.

— Alia, lui dis-je, c'est notre dernier dimanche. Jeudi, je prends le bateau. Vous êtes
contente ?

Elle parut étonnée.

— Contente ? Oui et non. Bien sûr, c'est ce
que je souhaitais. Mais je me suis attachée
à vous. On était bien, même si la chambre

29

était un peu petite. Vous ne voulez pas changer d'avis ? Si vous restiez ?

Surpris, je ne trouvai rien à répondre.

— Non, vous ne resterez pas, fit-elle avec un soupir. Droujine vous attend. Quel nom, on dirait que c'est fait exprès ! Dérivé de *droujba*, l'amitié.

Je la regardai. Je faisais semblant de ne pas prendre cette conversation trop au sérieux.

— Oh, ce n'est plus à un jour près, il pourrait attendre encore. Je vous promets, Alia, que je vous rendrai votre argent. Ce sera facile, dès que j'aurai trouvé un travail. Il me faudra quatre mois, non, trois. J'y pense jour et nuit, je n'en peux plus. Je vous l'enverrai dès que possible.

Décidément, je n'arrivais pas à tourner cela en plaisanterie. Alia fut sérieuse, elle aussi, quand elle répondit :

— Vous ne me devez rien, Evguéni Petrovitch. Ne vous tourmentez pas. La chambre que je louais avant était grande et belle, mais bien au-dessus de mes moyens. Et surtout, il y avait quatre enfants dans l'appartement, l'atmosphère était pénible…

— Beaucoup de bruit ?

— Non, mais les petits me faisaient de la peine. Ils passaient la journée tout seuls : les parents étaient en train de divorcer. Ces enfants ne demandaient qu'à étudier, mais on ne leur donnait aucune instruction ! Le garçon, l'aîné, avait douze ans, la fille dix. Ils gobaient littéralement tout ce que je leur racontais. Comme si je connaissais quelque chose. Quand j'étudiais avec Olga Ossipovna, je n'avais pas le temps d'ouvrir un livre, et après, il a fallu que je gagne mon pain, que je lutte pour l'existence, ce n'était pas le moment de lire. Je suis complètement inculte, je ne connais rien à rien ! Mais ces enfants s'accrochaient à moi, ils voulaient tout savoir, et il n'y avait pas un seul livre chez eux ! J'en pleurais. Ils n'allaient jamais à l'école, leurs parents ne s'en occupaient pas. Toute la journée, ils parlaient entre eux, et même les tout-petits discutaient au lieu de jouer : Pourquoi ceci ? Pourquoi cela ? Alors, vous savez ce que j'ai fait ? Je les ai dénoncés à la police. C'est pour cela que j'ai dû déménager.

— Qui avez-vous dénoncé ?

— Les parents. La loi vous oblige à envoyer vos enfants à l'école, sous peine d'amende. Je suis allée au commissariat et je les ai dénoncés. D'abord j'avais pensé écrire une lettre anonyme au commissaire, et puis je me suis dit que ce serait lâche, et j'y suis allée moi-même. J'ai raconté combien ces quatre enfants étaient extraordinaires : je ne les avais jamais vus se battre ni casser quelque chose. Ils faisaient de l'arithmétique avec des baguettes, selon une méthode qu'ils avaient inventée. Et ils n'arrêtaient pas de poser des questions : D'où vient le tonnerre ? Pourquoi il y a des étoiles ? Jusqu'à quel âge vivent les chiens ? Qui était Napoléon ? J'ai demandé qu'on s'occupe d'eux. Le commissaire m'a remerciée, et figurez-vous, il a fait ce qu'il fallait : j'ai appris, il n'y a pas longtemps, que les trois grands allaient à l'école, le cadet à la maternelle, et qu'ils étaient les premiers de leur classe. Comme ils doivent être heureux !

Je ne dis rien.

— Vous trouvez que c'est mal, de dénoncer quelqu'un à la police ? me demanda-t-elle en fronçant les sourcils.

Je dis alors la première chose qui me passait par la tête :

— Si quelqu'un me donnait une bombe, je ferais exploser la planète.

— Qui pourrait vous donner une bombe, Evguéni Petrovitch ? dit-elle sur un ton parfaitement sérieux. Et quelle bombe il faudrait pour faire sauter la planète !

Quatre jours plus tard, je partais. Alia m'accompagna à la gare. J'avais dit à la propriétaire :

— Je pars, mais mon amie reste.

Elle m'avait répondu en faisant un clin d'œil (un tic, sans doute) :

— Cela m'est égal, du moment qu'on paie le loyer.

— Pour cela, elle est encore plus sûre que moi. Le premier du mois, pour elle, c'est sacré !

Et nous nous serrâmes la main.

Quand le train s'ébranla et qu'Alia agita son mouchoir, je vis les traits si nets de son visage brouillés par une ombre inconnue, une soudaine tristesse, une gravité, que sais-je ! Il y a tant de choses dans la vie qu'on ne sait nommer, tant de questions qui restent sans réponse, par exemple : peut-on dénoncer quelqu'un à la police ? Il y a tant de phénomènes inexplicables. Le mal noir qui m'habite depuis un million d'années...

Michel Néron vint à la gare, lui aussi. Alia ne l'intéressait pas, il avait déjà deux petites amies. Il agitait aussi son mouchoir. Mes deux amis, uniques témoins de ma solitude parisienne, marchèrent un instant près du train, tandis que je me penchais par la fenêtre.

— Ecris-nous comment ça va là-bas ! Aide-nous à nous tirer de là ! Sois pas vache, t'entends ?

II

En mai après deux ou trois belles journées, le temps vire parfois au froid, à la pluie. Les arbres, ainsi que les oiseaux qui viennent de rentrer au nid, voient alors le cycle des saisons s'arrêter, et même rebrousser chemin. Les feuilles, à peine écloses, restent repliées, comme de petits pinceaux. L'oiseau, après un timide gazouillis du matin, se blottit sous la corniche et attend que ça passe. Dehors la pluie tombe sans discontinuer, le ciel descend jusqu'aux toits, le vent pousse les nuages, il fait froid. Les passants sentent le camphre et la naphtaline, car ils ont ressorti les gilets chauds, les vestes et les manteaux prématurément rangés dans des coffres.

Tout le monde sait que le camphre et la naphtaline tuent l'amour. Or, certains ont oublié de petites boules dans le revers des manches, n'ont pas eu le temps, quand ils se sont précipités sur des vêtements chauds, de retourner leurs poches. L'odeur de la naphtaline flotte dans l'air ; les maisons sentent le camphre. Comme l'amour ne supporte ni l'un ni l'autre, en ce mois de mai semblable à novembre personne ne pense à l'amour, ne le comprend, et même, il y en a qui ne sont pas loin de le condamner, le leur ou celui des autres, peu importe !

Mais il y avait fort longtemps que Lev Lvovitch Kaliaguine, lui, ne se sentait plus concerné par le temps. Il ne sortait presque jamais, ne regardait pas par la fenêtre. Eté comme hiver, on maintenait chez lui la même température. A cet effet, quelque chose se mettait en marche et s'arrêtait tout seul, quand il fallait. L'éclairage de sa maison était toujours égal. S'il sortait – très rarement et avec maintes précautions –, il se renseignait sur le mois, le jour de la semaine et la température, Celsius et Fahrenheit.

Je travaillais chez lui depuis une année. En arrivant à New York, j'avais d'abord erré, à la recherche de petits emplois. Au bout d'un mois, j'étais dans une misère noire. L'argent d'Alia avait filé, je n'avais pas de quoi payer ma note d'hôtel. C'est là que j'étais tombé sur son annonce : il cherchait un secrétaire.

Il me reçut debout, mais à la fin de l'entrevue il s'assit et, de sa canne avec embout en caoutchouc, me désigna un fauteuil.

Il avait un regard d'aigle, et une voix chevrotante. Il disait :

— Votre travail, Arseni Petrovitch…

— Evguéni.

— ... consistera à taper à la machine ma correspondance, en deux langues, et à vous occuper de mes affaires. J'ai deux procès, l'un ici, l'autre en Europe. Ma femme vit en Suisse, je paie toutes ses notes. J'écris mes Mémoires. Il faut trier mes archives, classer, ranger dans des dossiers... Ma fille qui vit avec moi refuse de m'aider. Je me trouve, Arseni Petrovitch...

— Evguéni.

— ... dans une situation difficile. J'ai encore tant à faire ! Les générations futures m'en sauront gré. D'un autre côté, je ne sais combien de temps il me reste. C'est-à-dire, personne ne le sait, c'est le secret du destin !

D'un air royal, il tourna vers moi son profil d'épervier.

— Et maintenant, si vous n'êtes pas pressé, je vous demanderai – il fit un drôle de bruit, un geignement –, je vous demanderai de me repasser mon mouchoir favori. Je l'ai lavé moi-même, mais repasser, ça, la vie ne me l'a pas appris. Ma fille, Lioudmila, est en train de divorcer, ce qui n'arrange pas son caractère.

Quelqu'un bougea derrière la cloison, une porte claqua, puis une autre, des pas rapides retentirent, et une femme d'environ trente-cinq ans entra dans la pièce. Elle était de petite taille, avec un visage dur, mais assez beau. Elle nous regarda tous les deux et, sans rien dire, se détourna avec une expression de profond mépris, puis sortit, en claquant la porte.

Kaliaguine ne prêta aucune attention à ce fracas.

— Je suis navré de vous déranger, il faut que vous me cousiez un bouton. C'est urgent, cela fait trois jours (il gémit à nouveau) que je n'en ai pas ! C'est une honte. Mais enfiler une aiguille, ça non, on ne me l'a pas appris quand j'étais jeune ! Tout ce qu'on m'a enseigné, je le sais, mais mettre une aiguille dans un fil…

— Un fil dans une aiguille.

— On ne nous l'a pas enseigné.

La porte d'en face s'ouvrit tout doucement, Lioudmila Lvovna passa la tête et dit :

— M'avez-vous enseigné quelque chose, à moi ?

Kaliaguine eut un sourire coupable.

— Je vous présente ma fille.

— Bonjour ! Elle entra et s'arrêta au milieu de la pièce. Je ne veux pas vous déranger. Je voulais juste vous dire de ne pas croire tout ce qu'on vous raconte. Vous a-t-il déjà parlé de l'époque où il "servait le tsar" ? Non ? Alors, je vous souhaite bien du plaisir.

— Je t'en prie, ne nous embête pas, dit Kaliaguine, sans se fâcher le moins du monde.

— Ses Mémoires comporteront aussi le chapitre : "En 1917 je portais un ruban rouge." Elle me toisa du regard. Bien sûr, aujourd'hui personne ne peut dire si c'était vrai ou faux.

Elle sortit, claquant de nouveau la porte. Kaliaguine me jeta un coup d'œil.

— Vous voyez, quel caractère ! Telle mère, telle fille.

Je me mis au travail le jour même. Une fois le bouton cousu et le mouchoir repassé,

je m'assis au bureau pour classer ses papiers.
Sa femme lui écrivait très souvent, presque
uniquement pour demander de l'argent. Elle
commençait de la manière suivante : "Hier,
Daisy et moi avons lu et relu ta dernière lettre.
La pauvre, elle sent parfaitement que tu ne
l'aimes pas ! Souvent, il suffit qu'elle entende
ton nom pour qu'elle se mette à pleurer. (Tu
ne t'es même pas rappelé que c'était son an-
niversaire !) La pauvre, elle n'a personne au
monde à part moi. Nous avons dû chercher un
autre hôtel. Ecris «poste restante». Personne ne
veut nous garder…" Puis, il y avait des lettres
d'affaires : de Londres, au sujet d'actions ; de
Genève, à propos de ventes immobilières.
Des parents éloignés écrivaient de Formose,
des Canaries, de Perse, bref, du monde entier.
Tous demandaient de l'argent : l'un, pour bre-
veter une invention, l'autre, pour les études
de son fils, le troisième, pour un voyage à
Paris. Enfin, il y avait un dossier sur les usines
où Kaliaguine avait placé ses capitaux. Une
semaine plus tard, je connaissais tout cela par
cœur. Avant de partir, je devais parfois lui passer de la teinture d'iode sur les reins : il croyait
que c'était une panacée. Il avait un corps lisse,
jaunâtre, couvert de grains de beauté.

Au bout de quatre mois je remboursai ma
dette à Alia. A présent, je pouvais préparer
mon voyage à Chicago. Je pensais à Droujine.
Pendant tout ce temps, je l'imaginais, je le
voyais distinctement. Pour ainsi dire, je ne le
quittais pas des yeux. Le soir, je pensais à lui,

et parfois l'envie me prenait d'en parler à quelqu'un.

Longtemps, je ne vis pas Lioudmila Lvovna. Elle occupait l'étage supérieur de ce duplex, je n'y montais jamais. Le matin, une vieille Irlandaise venait faire la vaisselle, les chambres et le repas. Kaliaguine prenait son déjeuner seul dans la grande salle à manger ; la domestique le servait, débarrassait la table, puis s'en allait. Elle devait croire qu'il était sourd, et souvent, je l'entendais hurler :

— J'ai mis votre dîner dans la glacière ! Il suffira de le réchauffer. Mettez sur le feu la casserole bleue, puis renversez son contenu dans le récipient blanc et arrosez avec ce qu'il y a dans la tasse en verre. Vous avez bien compris ?

Kaliaguine répondait :

— J'ai compris, je ne suis pas sourd.

— C'est qu'il ne faudrait pas faire le contraire ! Après, il y a de la compote. Les personnes âgées ne doivent pas manger de fruits crus. Le docteur a dit que vous manquiez de flore dans vos intestins !

— Je vous entends.

— Au revoir.

Au début, le soir, je sortais prendre un café et manger un sandwich. Puis, Kaliaguine m'a demandé de partager ses repas, et alors, avant de partir, je renversais le contenu de la casserole bleue dans le récipient blanc, ou inversement, ce qui lui faisait grand plaisir.

Au bout de six mois, j'eus une première conversation avec Lioudmila Lvovna. Ce jour-là, Lev Lvovitch était invité à un repas avec des camarades (de régiment ou de faculté, je ne sais pas au juste). Après deux heures de préparatifs je l'avais enfin mis dans le taxi et m'apprêtais à ranger sa chambre à coucher, entre autres, l'armoire et les tiroirs de la commode. Il me l'avait demandé depuis longtemps.

Elle entra et s'assit sur une chaise près de la porte, sans ôter gants ni chapeau. L'expression de son visage était tendue, et dans ses yeux on lisait cette dureté que j'avais déjà remarquée. Elle dit d'une voix coupante et moqueuse :

— On reconnaît tout de suite un Européen. Un Américain ne se laisserait jamais transformer en cuisinière, en blanchisseuse ou en laquais, quand il a été embauché comme secrétaire.

— Croyez-vous que je sois vexé ? Eh bien non. Je suis du genre soumis, et faire un travail de blanchisseuse ou de laquais ne me gêne pas.

Elle parut étonnée et se tut quelques instants. Je pliais avec soin les chemises de Kaliaguine.

— Il vous paie combien ?

— Pardon, cela ne vous regarde pas. C'est une affaire entre nous.

Elle plissa les yeux.

— Vous ne savez pas où vous êtes tombé, fit-elle en balançant la pointe de son pied, mes parents sont tous deux fous, solitaires et malheureux. Ils ont fait de moi une folle, une solitaire, une malheureuse. Mais je le sais, et eux, non.

Je continuais à tirer et à repousser les tiroirs de la commode.

— Ils vivent comme en sommeil. Des somnambules. Moi aussi, j'étais une somnambule, jusqu'au jour où j'ai compris : aujourd'hui, on est somnambule, demain on se fait interner. Toute leur génération est irresponsable et malade. Regardez où ils ont mené le monde. Mais si on leur dit de réfléchir à ce qu'ils ont fait d'eux-mêmes, de leur vie, de leurs enfants, ils se défilent tant qu'ils peuvent, puis ils se mettent à pleurer.

— Mais ils ne sont pas si malheureux que ça, répliquai-je, ne sachant pas encore comment me comporter avec elle. (Devais-je soutenir la conversation ?) Ils sont parfois très heureux d'être comme ils sont. Plus heureux que vous et moi.

Elle ouvrit son grand sac, d'où s'échappa un parfum, sortit des cigarettes, en alluma une.

— Mais qui a dit que le bonheur était le but de la vie ? Ce qui compte, c'est le sens de la responsabilité, la logique. Et eux, ils n'en ont pas la moindre idée ! Ils ne savent pas ce qu'ils font. Probablement, cela leur ouvrira le royaume des cieux, mais moi, je n'encouragerais pas tous ces simples et pauvres d'esprit. Ils ont fait assez de dégâts comme ça.

Je l'interrompis.

— Excusez-moi, vous avez dit que vos parents étaient solitaires et malheureux. Si j'ai bien compris, votre mère n'est pas seule : elle a une amie ou une parente ?

— Vous parlez de Daisy ?

— Oui.

Lioudmila Lvovna me dévisagea froidement.

— C'est son pékinois.

Le téléphone sonna, j'allai dans le cabinet. Quand je revins, Lioudmila Lvovna n'était plus là. La chambre sentait le parfum, un mégot fumait dans le cendrier. Je restai debout quelques minutes à guetter un claquement de porte, mais cette fois-ci elle disparut sans le moindre bruit.

Chaque soir, en regagnant ma chambre d'hôtel, je pensais que malgré ma solitude absolue dans cette ville je n'y étais pas plus mal qu'à Paris – ni mieux d'ailleurs. Comme avant, je faisais le rêve qui me hantait depuis dix ans, et qui était devenu l'axe secret de ma vie. Ça ne peut presque pas se raconter. Il ne s'y passe rien. Dans un brouillard jaune et opaque, j'avance comme sur des roulettes, sans un mouvement, sans un bruit, au milieu d'un désert aride et silencieux où le temps s'est arrêté et où poussent d'étranges plantes grises ou gris-jaune ; moi-même, je suis de cette couleur, ainsi que le paysage alentour. Suis-je emmailloté ? Suis-je une poupée en bois avec des bras et des jambes scellés au corps ? Ces plantes sont des ronces sèches et silencieuses, immobiles. Je passe doucement. Devant, c'est toujours la même étendue...

Je me disais que ma présence ici était provisoire, je me félicitais d'avoir enfin fait un effort, pris une décision, contourné des obstacles, montré la volonté de m'arracher à ma vie végétative. De plus en plus, j'étais persuadé d'être quelqu'un de simple, à mi-chemin entre l'ABC et la théorie quantique.

Lev Lvovitch se trouvait aussi entre ces deux pôles. Il y avait en lui plusieurs éléments. Notamment, son attachement à une certaine dame d'âge moyen, à qui il ne me présenta jamais.

— Il fut un temps, disait-il, où j'étais très expert en matière de femmes. L'offre et la demande, vous connaissez ? J'étais du côté de la demande, qui à son tour crée l'offre. Aujourd'hui, je suis abandonné de tout le monde, j'ai parfois besoin de prendre des mains chaudes dans les miennes. Mes mains sont toujours froides, c'est très désagréable, je voudrais me réchauffer, sentir une femme vivante près de moi. Vous me comprenez, bien sûr. Les passions, la jalousie, le romantisme, c'est fini, mais le pauvre orphelin a besoin de la protection féminine.

Et quand ce besoin devenait pressant, il me demandait d'appeler cette dame. Elle avait un prénom interminable, un patronyme interminable, un nom double interminable. Il lui disait tendrement : "Je m'ennuie de mon petit ange. Votre orphelin est transi de froid.

Ayez pitié du malheureux qui a un pied dans la tombe."

L'autre élément, c'était ses deux amis : Pavel Pavlovitch et Piotr Petrovitch. Le premier appartenait à cette partie des Mémoires où, d'après Lioudmila Lvovna, Kaliaguine racontait comment il "avait servi le tsar", l'autre à celle qui, toujours selon Lioudmila Lvovna, s'intitulait : "En 1917 je portais un ruban rouge."

Le troisième élément, c'était l'Eglise. Il en fréquentait deux différentes, selon qu'il était avec Pavel Pavlovitch ou Piotr Petrovitch, et, quand il avait la flemme de se déplacer, une troisième, qui n'était pas comme les deux autres. Il en revenait "pacifié", comme il disait, et alors il ressemblait moins à un épervier. Un jour, dans un élan de paix et de pardon, il me demanda si, comme lui, je voyais en Staline un Pierre le Grand d'aujourd'hui.

Je crus que notre collaboration s'arrêterait là, et qu'il était temps de les envoyer au diable, lui, sa femme, sa fille, ses avocats et ses Mémoires. Mais cinq minutes plus tard, il n'y pensait plus – sa mémoire déclinait à vue d'œil –, et nous ne parlâmes plus jamais politique.

Quinze jours après ma conversation avec Lioudmila Lvovna, je trouvai un mot sur mon bureau : "Si vous êtes libre ce soir, montez chez moi."

J'y allai, à six heures. Elle avait une robe claire, légère, des sandales, un gros collier de perles. La dure expression de son visage était adoucie par un sourire : elle se déplaçait avec légèreté à travers la chambre, s'asseyant de temps à autre sur le divan ou l'accoudoir du fauteuil. Moi, je restais sur ma chaise, surpris que nous ayons soudain tant de choses à nous dire, surpris aussi de ces silences légers et doux, presque suaves, dont nous nous revêtions de temps à autre comme d'un déguisement.

Je repensai souvent à cette première soirée. J'essayais d'y trouver un signe qui expliquerait la suite, et je le voyais dans le simple fait qu'elle m'eût invité. Pourquoi ? Pure curiosité, ennui ? Je ne puis croire que Lioudmila Lvovna nourrissait déjà cet amour pour moi, amour malheureux, cela va sans dire. Ses yeux m'avaient impressionné : gris, avec du bleu autour de la pupille, des yeux très francs, au regard direct qui me fixait. Nous parlâmes des visages qui, aujourd'hui, n'étaient plus les mêmes que vingt ans auparavant. Comment étaient-ils cent ans avant, mille ans ? (Il est probable que les hommes d'il y a mille ans nous ressemblaient plus que ceux du temps de Schiller, dit-elle.)

— Votre visage n'est pas tout à fait ordinaire, fit-elle remarquer. Je veux dire, sa forme n'est pas complètement… Je ne trouve pas le mot juste.

L'expression de son propre visage devint alors plus douce, l'humour et la gentillesse l'avaient éclairé.

— Vous plaisantez ! C'est la première fois qu'on me le dit ! m'écriai-je (c'était la vérité), et le verre échappa de ma main. Heureusement, il était presque vide. Je sentis qu'il était temps de lui parler de Droujine. J'ai un ami à Chicago, lui il a un visage ! Vous l'auriez vu… on ne peut pas le regarder sans rire.

On devine que la conversation n'en resta pas là. Après quelques généralités, nous en étions venus à parler d'un homme en particulier, et nous pouvions maintenant passer à autre chose. Mais elle eut envie de savoir qui était Droujine.

— D'abord, dis-je, sachant que je provoquerais l'hilarité, il ne se doute même pas à quel point il ressemble à un cheval. Comme je l'avais prévu, Lioudmila Lvovna éclata de rire. Et pour tout vous dire, il a une théorie : il n'aime que ceux qui ont un physique chevalin, il les trouve plus nobles.

— Et il ne se voit pas lui-même ? articula-t-elle avec peine, en riant.

— Non.

— Et où sont-elles, ces personnes ?

— Il les cherche. A une certaine époque, il rêvait de créer l'Union secrète des visages chevalins.

Elle rit longtemps, puis se tut, et pendant quelques minutes, nous nous regardâmes sans parler. C'est probablement à cet instant que la métamorphose commença en elle. Les lignes de ses pommettes et de son menton semblaient à présent plus souples, dans son regard franc perçaient la tendresse, la douceur, même la lumière, et même la tristesse. Elle écarta ses mains maigres, et j'eus envie de serrer ses jolis doigts, de les tresser avec les miens, de les porter à mon visage. Mais je n'en fis rien.

Elle se mit à parler d'elle. Son arrière-grand-père avait passé sa vie entière couché. Elle dit bien : couché sa vie entière. Sur un divan turc. De temps à autre, ses serfs le retournaient. Son grand-père s'était marié trois fois : avec une Goubkina, avec une Veriovkina et avec une Stolovchtchikova. Les affaires de la famille marchaient bien, ses usines fumaient dans toute la Russie. Mon père… Qu'a-t-il fait ? Sauf erreur, mon père n'a jamais rien fait. Rien du tout. Mais d'autres faisaient des choses pour lui. Et on pouvait vivre. O ma jeunesse, ma fraîcheur ! Je me suis mariée il y a six ans, et maintenant je divorce, mon mari m'a quittée. Il m'a dit : Je ne sais pas pourquoi, mais on ne peut pas vivre avec toi. Une femme doit être un tout petit peu drôle. Et toi, tu ne l'es pas du tout. Je ne comprends pas ce qu'il a voulu dire. Vous comprenez, vous ?

A la radio, il y avait de la musique. Sur la table se trouvait une pile de livres qu'on aurait voulu lire jusqu'au dernier, et une autre, avec des reproductions en couleurs, qu'on avait envie de feuilleter. Rester à côté d'elle, regarder les livres, écouter la douce musique d'un quintette à cordes, voir ses cheveux parfumés tomber sur son visage baissé. Elle disait que "paradis" signifiait "jardin" dans une langue que je ne connaissais pas, qu'elle l'avait lu quelque part, et que l'enfer, en revanche, devait être une salle d'attente ennuyeuse comme on en trouve dans des tribunaux d'instance, des monts-de-piété, des gares... J'avais l'impression d'avoir, moi aussi, entendu parler d'une grande chambre grise avec des banquettes, aux murs recouverts de peinture à l'huile, où l'on n'ouvre jamais les fenêtres, qui sent le désinfectant. J'étais sûr d'y avoir déjà été, de bien la connaître.

— Il faut en finir avec cette légende du siècle dernier qui veut qu'au paradis on s'ennuie à mourir, et que l'enfer soit peuplé de gens intéressants et célèbres. Au paradis, Socrate parle avec Homère, et tout le monde peut écouter. En enfer il n'y a que locaux administratifs obscurs, et fonctionnaires répugnants.

— Avec une taie sur l'œil, ajoutai-je.

— Avec une taie sur l'œil, reprit-elle, et l'aiguille de la pendule reste immobile pendant des millions d'années.

— Jusqu'à ce que le guichet ferme.

— Et quand il ferme, on ne sait pas où aller. Au paradis, en revanche...

— Dans des écuries propres, il y a des chevaux alezans, bais, moreaux, pie et pommelés.

— Pommelés, et si propres qu'on a envie de poser sa joue tout contre leur flanc soyeux. Et les gens ont des visages un peu comme le vôtre, dit-elle, mais soudain elle se tut, gênée.

— Pourquoi, comme le mien ? demandai-je, surpris.

— Je ne sais pas, dit-elle, et notre conversation en resta là.

Elle n'avait jamais été à Chicago, et ne pouvait s'imaginer cette ville. Moi non plus, je n'y avais jamais été. Mais je lui dis que Droujine m'en avait parlé dans ses lettres.

— On dirait que certains endroits ont été créés par Piranèse.

— Ce n'est pas vrai ! fit-elle, étonnée.

— Je vous assure, repris-je avec toute la conviction dont j'étais capable. Il ne s'agit pas du Piranèse qu'on voit dans les musées, cet étranger ! Non, moi je vous parle de son descendant, de son double. Il est notre contemporain, lui, il nous est proche ! Et il travaille l'acier, oui, ce même acier qui sert à fondre les rails et les écrous, qu'on affine dans des fours Martin en même temps que les outils ! Le Piranèse des musées n'en avait pas la moindre idée. Dans ces quartiers ténébreux à la folie, qui relient les deux bras du fleuve, qui longent les gares, enserrent le canal des deux côtés ou se perdent entre l'Ile-aux-Oies et le port, il y a des ruelles étroites, avec des échelles de secours qui grimpent jusqu'aux toits et dont les lignes cassées se détachent dans le ciel, blanc le jour et rouge la nuit. Comme la machinerie d'un immense théâtre elles vous font voir l'envers de la vie, des immeubles, de la ville. Parfois, on y surprend des silhouettes endormies, immobiles, recroquevillées, qui pendent au-dessus du vide comme des sacs noirs. On dirait que ce n'est pas le hasard qui les a conduits là, mais qu'ils ont gagné leur sommeil aux cartes ou dans une bagarre d'ivrognes. Ces quartiers ténébreux à la folie font partie de la ville, ils la traversent, un peu comme une veine qui serait étroite au nord, où elle va en direction de la Gold Coast et atteint presque the Loop, et qui s'élargirait près du port, et aussi vers le sud, du côté des usines, des entrepôts et des abattoirs.

— Vous y avez été ? demanda-t-elle en me regardant avec étonnement.

— Non.

— Comment savez-vous tout cela ?

Je ne dis rien.

— Continuez.

— Il faut que je vous parle du fleuve. C'est un drôle de fleuve. Autrefois il passait sous soixante ponts et se jetait dans un lac. Aujourd'hui, au contraire, il prend sa source dans ce lac et, par des canaux et des rivières, descend dans la plaine du Mississippi. Son eau est si lourde et si sale qu'aucun désespéré ne s'y jetterait. Sur une rive se dresse une prison, massive et sombre ; sur l'autre, semblables à des navires, émergent de la brume les plus grands édifices au monde. Là-bas, on ignore l'ordre. La North Avenue va de l'est à l'ouest, West Side du nord au sud, la partie sud de la ville est appelée l'East Side, le soleil semble se lever et se coucher au même endroit, car tandis qu'il descend vers l'ouest, l'eau à l'est est teintée de rouge. Les brumes se déplacent vers le nord, elles longent un lac magnifique, semblable à la Méditerranée. Et c'est bien la Méditerranée de ce continent, mais aussi la grande voie qui mène "des Varègues aux Grecs", autrement dit de la baie du Saint-Laurent vers la mer des Caraïbes, et du Labrador vers les Indes occidentales, Chicago se trouvant au milieu.

— C'est vous qui l'avez inventé ?

— Je ne pense pas.

A cet instant, la pendule sur la cheminée fit entendre une sonnerie si tendre et si fine qu'on se serait cru au Théâtre des Arts, pendant le troisième acte d'*Un mois à la campagne*. Je me levai d'un bond. Quatre heures avaient passé ! Etait-ce possible ? On avait causé de l'enfer et du paradis mettons vingt minutes, et de Chicago, tout au plus une heure et demie. Même si l'on comptait une demi-heure pour le grand-père couché, on n'arrivait pas à quatre heures. Qu'avions-nous fait du temps ?

— Où est passé le temps ? criai-je.

— Je n'y ai pas touché, je vous le jure. Ne criez pas, on va croire qu'il y a vraiment eu un vol.

— Excusez-moi. Maintenant, vous ne m'inviterez plus jamais.

Elle rit.

— Votre Droujine au visage chevalin a écrit des lettres extraordinaires. Revenez me voir. A moins que vous n'ayez épuisé le sujet.

— Non, il me reste beaucoup de choses à raconter.

De nouveau, nous rîmes tous deux, puis je partis. D'où lui vient cette pendule ? me demandai-je. Sans doute, l'héritage du grand-père.

Je pensai à elle, à cette féminité qu'elle n'avait jamais dévoilée, enfouie au plus profond de son âme, et qu'elle me montrait à présent. A quoi bon ? Qu'allais-je en faire ?

Une semaine plus tard, nous étions assis dans une nouvelle salle de concert, créée dans le musée, toute tapissée de bois foncé. On se croirait à l'intérieur d'une contrebasse, dit Lioudmila en riant. Elle était très gaie et très élégante, presque trop. Les gens la regardaient avec admiration.

En la raccompagnant, je montai chez elle. Elle mit la radio, et on entendit la même musique que la première fois, comme si je n'étais jamais parti.

— Alors, Chicago ? demanda-t-elle en se mettant dans un coin du divan.

Lentement, mon regard passa de la radio sur la pendule, puis sur Lioudmila.

— Jour et nuit, il y a du monde dans la rue, comme si les gens n'avaient rien d'autre à faire. Les yeux des uns trahissent une angoisse perpétuelle, d'autres ont le regard ensommeillé et veule. Les rues coulent toujours plus loin, et à la fin ce ne sont plus que des fentes larges de deux ou trois pas, mais qui ont un nom, même s'il n'est ni beau ni fastueux. Les vraies rues, elles, s'appellent Bonaparte, Goethe, Byron, Dante, Mozart ou Cicéron. Mais je ne peux rien en dire, je ne connais que ces fentes. Là on trouve des coiffeurs qui ne font pas payer les vagabonds : comme ça, leurs apprentis se font la main. Il arrive qu'un de ces va-nu-pieds en ressorte avec un dégradé sur la nuque, mais ils sont d'un courage à toute épreuve, et puis, tout passe, tout repousse, et au bout d'une semaine ils retrouvent une apparence humaine. Il y a aussi de petites boutiques où un ivrogne peut mettre en gage n'importe quoi. Il y en a un, par exemple, qui a engagé sa jambe de bois, et il a fait la tournée des bars à cloche-pied. Il y a des organisations charitables qui prennent en charge les vagabonds et les ivrognes. Notamment, un *Sanatorium bon marché pour alcooliques*, c'est ce qui est écrit sur l'enseigne. Il y a des asiles pour mineurs, par exemple l'asile David Copperfield. Et, bien sûr, l'Armée du Salut, que Dieu la garde ! On la reconnaît à son tambour, la bonne vieille Sally. C'est une immense pièce où les gens chantent en chœur :

> *Le monde entier est si bien fait,*
> *On a de quoi boire et manger,*
> *Chantez le* Veni Creator,
> *Au Paradis, c'est mieux encore !*

Les endroits où, d'après la chanson, on a droit à une douche, un bol de soupe et un matelas, on les appelle "aux quatre S" : le salut, le savon, la soupe, le sommeil. D'autres sont des "trois S" : le salut, le savon, le sommeil. On trouve des variantes plus compliquées, mais je n'en parlerai pas maintenant. Il est tard, il faut que je rentre.

Elle se leva. D'un air pensif, elle me regarda éteindre ma cigarette. Je me dirigeai vers la porte.

— Si vous voulez, nous pourrions aller à la campagne dimanche prochain, dit-elle en me barrant le chemin. Je veux dire, s'il fait beau.

— Si je veux ? répétai-je. Bien sûr que je le veux. Et vous ?

— Ça ne se voit pas ? dit-elle en souriant.

Ce sourire, elle ne l'a qu'avec moi, pensai-je, et je baisai sa main en partant.

C'était l'été, le chèvrefeuille était en fleur. Nous étions assis au bord de l'eau. Des centaines de voiliers se balançaient sur les vagues, prenaient le large, revenaient. Je cherchais en vain sur son visage l'expression qu'elle avait eue quand elle m'avait fait sa scène dans le cabinet de Kaliaguine, une scène alors si nette et si déterminée qu'elle pouvait recommencer. A chacune de nos rencontres, Lioudmila semblait s'éloigner un peu plus de son passé. Son regard, sa voix, ses gestes se transformaient à vue d'œil. Pendant nos longues discussions elle ne se contentait plus de sourire, elle riait franchement, d'un rire jeune, doux, insouciant, transparent. Moi, je ne cessais de la regarder. Son visage, aux lignes si dures, prédestiné à la sévérité, paraissait à présent métamorphosé.

— J'ai l'impression, disait-elle, en buvant une gorgée de café ou en me tendant, à la pointe de la fourchette, un quartier de poire, j'ai l'impression que Chicago n'existe pas. Non, laissez-moi expliquer. Il y a une ville étrange, monstrueuse, gigantesque sur laquelle vous savez énormément de choses, mais ni vous ni moi ne la verrons jamais. Et en même temps, c'est comme si nous y vivions déjà tous les deux.

— Peut-être que vous ne la verrez pas, mais moi, j'ai des chances de la voir.

Elle ne dit rien.

— J'y vais bientôt, car je n'ai pas grand-chose à faire ici.

Elle me regarda d'un air étrange.

— Vous ne m'emmenez pas avec vous ? demanda-t-elle sur un ton tout à fait sérieux.

Je ris.

— Qu'est-ce que vous y feriez ?

Elle se tourna vers le grand miroir bleu accroché au-dessus de notre table et examina attentivement son visage.

— Non, je n'ai rien de chevalin, fit-elle avec tristesse. Avez-vous remarqué que les femmes, en vieillissant, ressemblent à des poissons, à des oiseaux, ou à des chiens savants ? Dans vingt ans je suis bonne pour la troisième catégorie.

— Ça va, vous avez le temps, dis-je, toujours riant.

Mais elle ne riait pas.

— Dites-moi, Evguéni Petrovitch, demanda-t-elle, comme en se jetant à l'eau, si j'avais un visage chevalin, vous me prendriez avec vous ?

Elle ne plaisantait pas, mais je ne sus que répondre : j'étais paralysé.

Le soir, nous écoutâmes la mer, assis dans les dunes, ou regardâmes le ciel, allongés.

— Non, je ne peux pas croire, dit-elle soudain, que les étoiles soient si loin : des millions d'années-lumière. Cela ne veut rien dire ! Un de ces jours on découvrira qu'elles sont beaucoup plus proches, et tout ce qui nous paraissait infini, immense, deviendra petit et proche.

— A Paris, lui dis-je, il y a des fêtes foraines dans la rue, avec un cirque, des monstres, des acrobates, des diseuses de bonne aventure, un tir. Une fois, un astronome malin s'est installé dans l'une des baraques avec son télescope. Le bonimenteur (il y en a partout, comme au siècle dernier) criait dans le porte-voix : "Allez ! Venez regarder les étoiles ! Pour cinquante centimes vous verrez les étoiles ! Espèces de taupes que vous êtes, vous ne croyez même pas en Dieu ! Et la beauté, savez-vous ce que c'est, la beauté ? Alors au moins, regardez les étoiles !"

Elle rit gaiement, se souleva sur le coude et, comme j'étais assis à la regarder, elle me renversa doucement sur le dos. Sans cesser de rire, elle me prit le menton et leva mon visage vers le ciel :

— Regardez au moins les étoiles !

Le bras replié sous la tête, je regardai le ciel.

— Quel peuple étonnant, ces bonimenteurs ! Ce sont des orateurs ratés. A Chicago, par exemple...

— Oui, c'est comment, à Chicago ?

— Parfois, ils font carrément des discours. Il y en a un qui monte sur une caisse à savon, à un carrefour où les arbres ressemblent à de vieux balais, et il vous débite tout un cours sur la meilleure manière de faire la manche. Il vous apprend à extorquer le maximum sans vous fatiguer. C'est une science ! Un autre vous énumère les plaisirs gratuits.

— Pas possible !

— Par exemple, se promener dans des parcs, jouir de la nature, écouter la fanfare dans les jardins publics, lire d'un bout à l'autre un vieux journal – tout le monde sait que ce sont les plus passionnants ! Chanter à un coin de rue une romance qu'on a composée soi-même, les gens l'écouteront jusqu'au bout, ils sont ainsi faits. Suivre des cours gratuits où l'on vous apprend quels sont les champignons comestibles ou vénéneux, ou à quel moment les primitifs australiens ont eu un calendrier. Aller dans des musées, ou si cela ne vous dit rien, descendre au port et observer les tatoueurs qui travaillent en plein air. En restant au bas d'un escalier on peut regarder les jambes des femmes. Mais le plus grand divertissement, c'est le questionnaire médical.

— Qu'est-ce que c'est ?

— C'est un questionnaire qui sert pour les statistiques. Je ne connais rien de plus drôle. On vous donne une feuille avec des questions et vous écrivez ce qui vous plaît. Combien de repas vous faites par semaine. Combien de fois vous dormez à la belle étoile. Combien de fois vous vous lavez, et il y a deux cases : à l'eau froide ou à l'eau chaude, il faut mettre une croix. Avez-vous recours aux organisations charitables ? Quand avez-vous travaillé pour la dernière fois ? Un homme a écrit : Il y a quarante-deux ans. Pourquoi ne travaillez-vous pas ? Ça ne me dit rien ! Il y en a qui écrivent : Je voudrais bien travailler, mais à condition de faire ce qu'il me plaît, sinon à quoi ça sert de vivre ? Et quel travail voudriez-vous faire ? Accrocher des drapeaux. Quels drapeaux ? Ceux qu'on sort pour les fêtes nationales. C'est mon métier, j'adore les fêtes ! Pas question de faire autre chose.

Il y eut un long silence. Avec elle, ce n'était jamais pesant.

— Vous savez, Evguéni Petrovitch, dit-elle un peu plus tard, avec vous je ne suis plus la même. Personne ne me reconnaîtrait à présent. C'est parce que vous n'avez pas du tout peur de moi. Vous n'imaginez pas le bonheur que c'est de ne pas faire peur.

— Et pourquoi les gens ont-ils peur de vous ?

— Est-ce que je sais ? Je crois vous avoir déjà dit que mon mari m'avait quittée parce qu'il ne me trouvait pas drôle du tout, trop compliquée, pas assez chaleureuse. Il m'a avoué que par moments… Il n'avait pas franchement peur, mais il me craignait un peu. Vous comprenez ?

— Oui, il me semble.

Elle tendit sa main, la posa sur la mienne, et nous restâmes tous les deux allongés sur le sable, à regarder la profondeur du ciel.

— Il m'a dit que chez moi il y avait comme un petit mécanisme qui fonctionnait jour et nuit, alors que lui, il aimait parfois écouter le rossignol ou même pouvoir faire une bêtise… J'y ai beaucoup réfléchi.

Elle retira sa main et se tourna sur le côté, la tête appuyée sur son coude. Elle me regardait, sa main hâlée caressait le sable fin qui sous ses doigts ressemblait à de la neige.

— J'ai envie de vous écouter et de vous parler de moi, dit-elle après une pause, chaque minute avec vous m'est précieuse. Avant de vous rencontrer, je croyais bien me connaître, connaître mes limites. Car chaque homme a ses limites, vous êtes d'accord ?

— Oui.

— Tout d'un coup j'ai vu que je ne me connaissais pas du tout. Mais au lieu de me sentir perdue, égarée, pas sûre de moi, je suis heureuse. Je voulais vous le dire.

A nouveau, nous passâmes un long moment sans parler, livrés chacun à ses pensées.

Elle se rapprocha en silence et posa sa tête sur mon coude. Puis, elle s'immobilisa.

— Ce n'est pas trop lourd ?

Je répondis :

— Non, ne bougez pas.

Nous regagnâmes la voiture. La grand-route, large et inondée par le clair de lune, nous emporta vers la ville. Lioudmila aimait rouler vite, au volant elle était calme et sûre. Devant mon immeuble, elle me tendit la main. Nos yeux se rencontrèrent.

— Comme vous pouvez être belle, lui dis-je, et gentille. Quand vous le voulez.

— Je le veux toujours... à présent, répondit-elle.

L'auto s'éloigna, et j'entrai dans l'immeuble.

L'été finissait. Tout ce qui avait fleuri dans les parcs et les squares était depuis longtemps fané, brûlé par le soleil. L'air sentait l'essence et la poussière. Chaque ville a ses odeurs. Paris sent l'essence, le goudron et le maquillage, le Berlin de ma jeunesse sentait l'essence, le cigare et le chien. New York, lui, sent l'essence, la poussière et la soupe, surtout durant ces jours et ces nuits torrides, interminables, qui ne peuvent être vaincus que par un orage ou un ouragan venu du Labrador ou des Caraïbes. Le temps se précipite alors, et un vent frais commence à souffler de l'Océan, ce que Lev Lvovitch Kaliaguine apprend par la lecture des journaux.

Nous nous voyions presque tous les jours. Je montais chez Lioudmila Lvovna pour déjeuner. Nous écoutions du Bach ou du Mozart à la radio, en même temps que le bourdonnement du ventilateur, et nous parlions. Parfois, nous sortions faire un tour. Nous avions des endroits préférés à Central Park. En le traversant en diagonale on débouchait sur un restaurant en plein air où il y avait de la musique, où des couples dansaient. Nous y restions tard parfois, et je la raccompagnais, non plus à travers le parc, mais en passant par des rues où personne ne nous connaissait et où nous ne connaissions personne.

Par une soirée particulièrement étouffante et humide de septembre, qui semblait sans fin, Lioudmila me proposa de descendre à l'extrémité de la ville, vers la mer, et de là d'embarquer pour faire le tour de l'île. Cela ne durait que quarante minutes, on pouvait le faire deux ou trois fois en attendant la nuit et, avec elle, la fraîcheur. Nous arrivâmes vite à la pointe. Le soleil se couchait, les lumières de la ville s'allumaient. En montant dans l'un des trois bateaux prêts à appareiller, nous étions insouciants comme ceux qui partent sans savoir où ni pour combien de temps : sensation rare, que l'on ne s'autorise presque jamais.

— Je devrais peut-être demander à quelqu'un où nous allons, dis-je quand nous nous assîmes dans des fauteuils en osier, que la sirène mugit, et que le bateau, crachant de la fumée noire, quitta lentement la rive.

— Quelle importance ? C'est trop tard.

Assis à la proue, nous ne pouvions voir la ville qui s'éloignait. Devant nous, c'était la mer, une soirée chaude, gris-orange, sans un souffle. A droite, le soleil descendait derrière la masse noire des usines ; les ponts, les cheminées, les immeubles planaient dans l'air incandescent et brumeux. A peine le soleil fut-il couché qu'ils se mirent en rang à l'horizon, s'alignèrent comme une armée noire qui nous fixait d'un air menaçant mais qui se fondait peu à peu dans le ciel obscurci. La nuit tombait vite. On ne voyait plus les mouettes. Et de nouveau, elles surgissaient, planaient au-dessus de nous. On entendait le clapotis des vagues et le bruit des machines, au fond, sous nos pieds. Nos fauteuils étaient rapprochés, nous étions côte à côte, elle un peu devant moi, le dos contre l'osier. Elle songeait à quelque chose. Je regardais ses cheveux, les lignes de sa tête et de son cou, si familiers, étrangement proches. Tout d'un coup, elle dit :

— Vous savez, nous nous sommes complètement trompés !

— Et où voulions-nous aller, au juste ?

— Je ne sais pas. Seulement, nous allons ailleurs. Nous tournons. Est-ce qu'on va pouvoir rentrer ? Quand nous serons arrivés à destination, on nous dira peut-être de descendre ?

Le contrôleur arriva. Nous achetâmes deux billets, et il nous expliqua que le bateau faisait le tour de l'île, s'arrêtait deux fois, était de retour à minuit.

— Comme c'est bien, dit-elle. Comme c'est bien !

— A Chicago, dis-je en regardant la côte s'éloigner et l'air devenir plus noir, il y a des enfants qui ne volent pas, ne mendient pas, ne se prostituent pas, mais qui jouent aux cartes jour et nuit.

Elle se retourna et me regarda.

— Ils se réunissent dans un terrain vague, sur un tas de détritus, ils installent un divan sans pieds ou un vieux matelas trouvé à la décharge des riches, et ils jouent quatre ou cinq jours sans s'arrêter. Ils ont des visages très maigres, les lèvres toujours serrées. Parfois, ils mettent eux-mêmes des enfants au monde. Mais c'est rare. Les vieux, en revanche, sont assis. Sous les portes cochères, les arbres, près des monuments et, bien sûr, dans les lieux qui sont réservés à cet usage. Assis, tout simplement. Ça leur coûte très peu. Parfois même rien du tout. Les vieux restent assis. On vient les distraire un peu, c'est tout. Les jours passent, les mois, les années. Leur seule joie est de choisir où s'asseoir. Chacun est libre. Choisir aussi où dormir. Dans les asiles, il y a des lits-cages à deux niveaux, je crois qu'ils sont tous pareils, mais les vieux choisissent quand même. La cage se ferme de l'intérieur par un crochet. Vous comprenez, de dedans, pas de dehors ! Et ils peuvent choisir leur repas : fèves, petits pois, haricots ou maïs. On ne leur impose rien, chacun a sa gamelle. Ce n'est pas une ration donnée par l'Etat, mais une nourriture qu'on choisit, qu'on mange tout seul, protégé par le crochet qui ferme de l'intérieur. Un lit individuel, une gamelle à soi.

— Il y a été lui-même ? demanda-t-elle en plissant légèrement les yeux.

— Qui ?

— Votre ami qui ressemble à un cheval.

— N-non. Il n'y a jamais été. Mais cela l'intéresse. C'est un vieil habitant de Chicago. Il a toujours été attiré par les choses bizarres, et maintenant on ne le changera plus.

— Ça existe, des gens qui ne changent pas ?

— Il dit que ces choses font vibrer une corde mystérieuse de son âme.

— Je comprends.

— Il s'exprime d'une façon assez originale, et il faut mettre "corde de l'âme" entre guillemets.

— Je comprends cela aussi.

Le bateau avançait toujours, la nuit, bleu-noir, toute scintillante de feux, descendait, déposait un arrière-goût de sel et de fumée.

— J'aimerais bien voir ses lettres…

Je détournai les yeux, et me mis à regarder l'eau, qui brillait et tremblait.

Nous avions déjà oublié les noms des endroits où nous allions. Ils ne nous disaient rien. Quand les rives disparurent dans l'obscurité, Lioudmila Lvovna se tourna vers moi :

— Parlez-moi, enfin, de vous, de votre vie. Ce n'est plus la peine de parler de Chicago, puisque de toute façon vous ne m'y emmènerez pas. Dites-moi, vous avez toujours été seul ?

— Non, répondis-je, pas toujours. Cela fait dix ans.

— Et avant ?

Cet instant-là, je le voyais venir depuis des semaines. J'articulai avec peine :

— Avant, j'étais marié. Pendant quinze ans. J'ai été heureux.

Lioudmila Lvovna se redressa dans son fauteuil, toute tendue. Malgré l'obscurité on devinait l'inquiétude qui s'imprimait sur son visage, dont les lignes parurent soudain plus marquées. Ses yeux s'élargirent.

— Et dire que j'avais imaginé, Evguéni Petrovitch, que vous n'aviez jamais connu de femme !

Je ne dis rien. Je pensai que ce voyage dans des lieux inconnus serait peut-être le dernier que nous ferions ensemble.

— Pourquoi vous taisez-vous, dites quelque chose, reprit-elle. Vous avez été marié, heureux. Vous n'avez rien d'autre à dire, vous, l'homme heureux ?

Ce mot résonna comme s'il n'avait aucun sens. Le *r* craqua telle une feuille d'automne qu'on a froissée, réduite en poussière, jetée au vent. Je ne pouvais rien répondre : mes pensées d'antan, mes pesantes réflexions sur moi-même revenaient en force, et avec elles, mon incapacité à oublier et à accepter, à changer intérieurement, à devenir fort, c'était la terrible fêlure qui vivait en moi depuis des millions d'années.

— Vous êtes, en effet, un homme heureux, dit-elle d'une voix que je ne lui connaissais pas, ou peut-être était-ce sa voix d'avant, qu'elle avait un moment abandonnée. Vous êtes le premier homme heureux que je rencontre. Vous avez connu le malheur, bien sûr, qui n'en a pas ? Mais vous l'avez accepté, oublié, et depuis, vous n'en faites qu'à votre tête, vous parcourez le monde, libre comme l'oiseau, vous n'aimez personne, vous refusez d'aimer, de souffrir. J'avoue que je vous croyais différent, solitaire, de ceux qui cherchent toujours quelque chose sans le trouver, qui ne savent où poser la tête ni à qui se confier… Vous m'avez trompée ! fit-elle, et j'y entendis une note d'ironie.

Je n'étais pas sûr qu'elle parlât sérieusement. Je répondis d'une voix à peine audible :

— Si on me donnait une bombe…

Elle rit :

— Une bombe ? A vous ? Vous l'auriez rendue avec un sourire poli ! Vous en auriez eu la chair de poule ! C'est à moi qu'il faudrait en donner une, je saurais sur qui la jeter.

— Sur qui ?

— Sur vous, bien entendu.

L'obscurité nous encerclait de toutes parts. Nous étions en pleine mer. C'était l'Océan, un mystérieux chemin dans la nuit. Sur le pont inférieur, un orchestre jouait doucement, et une Noire invisible chantait un blues d'une voix basse, plus très jeune. Sous ces latitudes, son chant résonnait comme chez nous celui des Tziganes.

Elle se tourna vers moi, les bras sur l'accoudoir du fauteuil, le visage tout près du mien.

— Epousez-moi, Evguéni Petrovitch, dit-elle, comme si elle ne pouvait plus s'arrêter, comme si elle était emportée, épousez-moi pour toujours. Ne voyez-vous pas que je suis bien avec vous ? Et vous savez pourquoi ? Parce que je change, je deviens authentique, comme jamais je ne le fus, et drôle, surtout maintenant, en cet instant. Ne dites pas "non". Je comprends ce que cela veut dire. Etre désarmée à ce point, et drôle en plus ! Je change, parce que de toute ma vie je n'ai jamais rencontré un homme tel que vous. Voulez-vous savoir ce que vous êtes ? Vous n'avez peur de personne, pas même de moi. Et vous êtes très heureux. Oui, oui, laissez-moi terminer, je dis heureux, et libre, et honnête. Cela ne vous gêne pas que je parle de vous à la troisième personne, comme si vous n'étiez pas là, il est honnête, et fort dans la vie, et...

Cela devenait insoutenable.

— Lioudmila Lvovna, dis-je, taisez-vous. Je ne comprends pas que vous puissiez vous tromper à ce point. Je suis faible, inutile, en proie à une sorte d'immobilité, et il me manque la qualité humaine essentielle : savoir mourir et ressusciter intérieurement. Je n'aime ni la vie ni les hommes, j'en ai peur, comme tout le monde, et même plus. Je ne suis pas libre, rien ne me réjouit ; je ne suis pas honnête, pendant si longtemps je ne vous ai pas parlé de moi, et à présent, c'est si difficile !

— Dites-moi juste une chose, demanda-t-elle en précipitant les mots, sans me laisser terminer. Puis-je continuer à vous aimer ?

Là, elle vit mon visage, et me saisit la main.

— Ne dites rien. J'ai compris. Pardonnez-moi, je vous tourmente.

Je pris sa main et la baisai. J'étais si reconnaissant qu'elle eût retiré sa question. Qu'aurais-je répondu ?

Au bout de quelques minutes, elle retrouva son calme. Je descendis au bar et lui rapportai un café glacé. Elle le but, en jouant avec la paille. Le bateau accosta au milieu de lumières, puis nous nous enfonçâmes à nouveau dans la nuit. Par moments, l'odeur de l'Océan était si salée, si vraie, qu'on se serait cru en route pour le Portugal.

A minuit, nous fûmes de retour.

— Tout de même, dit-elle, s'accrochant à moi, pendant que nous descendions par la trappe, comme c'était bien ! Comme c'était bien ! Et nous ne savons même pas où nous sommes allés. J'ai eu l'impression que le monde entier m'appartenait, sauf vous.

Mais son expression avait changé, tout comme ses gestes, sa voix. De nouveau, on devinait la forme anguleuse de son visage, la matière dure dans laquelle il était taillé. Elle semblait indisposée. Cette nuit-là, je ne la vis plus sourire.

Une semaine plus tard, j'étais à Chicago.

III

Une gare inconnue. L'impression de débarquer en plein centre. En fait, le centre est loin et, si incroyable que cela paraisse, me voilà à la périphérie. Dans une ville nouvelle, on a tendance à prendre pour le centre l'endroit où l'on se trouve. Des affiches : un monde bleu, rose, vert, une imitation de la réalité trop précise pour être vraie. Plus une imitation est réussie, moins on y croit, moins on reconnaît le monde où l'on est né, où l'on mourra et où il y a tant d'inachevé, de non-dit, d'incompris. Plus une représentation est irréelle, plus elle nous touche. L'espace de la gare. La violence du jour qui entre par les vitres. La foule. L'enfant qui mange une glace. Le chien, lui, n'en aura pas. Un amoncellement de valises. Dommage pour le chien, mais on n'y peut rien. Une file de taxis. Je cherche l'adresse. La rue porte un nom convenable, même si ce n'est ni Cicéron ni Byron. A propos de Byron, il existe trois théories sur son départ pour la Grèce, toutes fausses à mon avis. Il ne peut y avoir qu'une seule raison pour laquelle on se trouve en un certain lieu à un moment donné, il n'y en a pas trente-six. (Et moi, je ne suis pas Byron, je ne suis même pas le mystérieux élu. Tout juste le cinquième, le onzième, ou le trois cent quatre-vingt-sixième.)

Je donne l'adresse au chauffeur. J'aimerais l'entendre parler, j'aimerais savoir comment un homme avec une nuque pareille s'y prend pour exprimer ses pensées, quels mots il emploie, et où il va les chercher. Nous roulons vite, et le centre de la ville se déplace avec moi : tantôt il est à l'angle d'une rue où les gens s'attroupent autour d'un marchand de journaux, tantôt au feu rouge où le taxi s'arrête. J'imagine une vie où il n'y aurait que des feux verts, qui serait parsemée d'émeraudes jusqu'à l'horizon, et là, il y aurait un tournant, on verrait la femme de l'aiguilleur avec un petit drapeau vert à la main. Et comme ça à l'infini, à moins qu'on n'attrape un mauvais rhume ou une tumeur fatale, je dis bien fatale !

Une ville bruyante, tumultueuse. Comme tant d'autres villes, en somme. J'en ai vu dans ma vie, des grandes et des petites, je les aimais et je les comprenais. Tous les deux, nous les avons aimées. Jusqu'à ce qu'elles s'écroulent les unes après les autres. Alors, nous avons commencé à les craindre.

Me voilà arrivé. Ma première impression : le billet que je tiens à la main avant de le glisser dans l'énorme patte du chauffeur, puis la monnaie qu'il me rend. Je descends avec mes deux valises. Une femme m'ouvre la porte. Je ne la connais pas, c'est la veuve d'un cousin décédé il y a longtemps. Elle s'est remariée. Elle a six grands enfants : deux du premier mariage, deux que son mari actuel a eus avec sa première femme, et deux qu'ils ont eus ensemble. Elle me conduit à travers des chambres étroites : dans l'une il y a un perroquet, dans l'autre un aquarium, dans la troisième un chat. Elle m'offre une omelette, de la viande froide, et elle m'emmène dans ma chambre, chez les voisins du dessus.

— Il y a d'autres locataires, me dit-elle, mais ils sont silencieux. Ce sont des gens très bien, cultivés.

— Moi aussi, je suis silencieux, lui dis-je, et je vois qu'elle me croit.

Elle sourit. J'essaie de retenir son visage pour la reconnaître si je la croise dans l'escalier ou dans la rue. Peine perdue.

La chambre est mieux que je ne pensais, claire, bien chauffée, propre. Dans le couloir, ça sent le café, on entend un gramophone. C'est vivable. Après, on verra. J'irai peut-être plus loin encore. Le soir, la bouilloire chantera, je lirai des livres, j'écrirai des lettres, j'irai au cinéma, je me lierai avec les voisins. Celui de gauche aimera l'ordre, une vie bien réglée, la discipline, et que A + B fassent C. Un homme classique ! Celui de droite aimera ses cauchemars, ses caprices et l'anarchie (comment appelle-t-on des gens comme ça ?). J'hésiterai entre eux deux, je travaillerai, j'aimerai mon ordre et mes cauchemars. Je me promènerai sur le quai, et l'immense lac, la Méditerranée d'ici, s'ouvrira devant moi. Une fois de plus je me féliciterai d'avoir eu la force de résister, la volonté de m'en sortir.

Dix ans après sa mort, je n'ai rien oublié, rien effacé. Le regard clair d'Alia a eu beau me suivre, plein de tristesse, Lioudmila Lvovna a eu beau jeter à terre la pendule de son grand-père, que m'importe de savoir avec qui Homère s'entretient au paradis ? Il y a longtemps, dans un train de nuit, entre Fribourg et Zurich, j'avais entendu une conversation : un vieux colonel se plaignait à un ingénieur de Shavhaussen de ses blessures qui ne guérissaient pas. Dix ans que cette folie mondiale était terminée (pas pour longtemps, croyez-moi !), et ses blessures le tourmentaient toujours !

Je me trouvais à côté. A l'époque, tout m'intéressait. Oui, jeune homme, le colonel m'avait posé la main sur la tête, et un instant, paralysé, je m'étais demandé du haut de mes quinze ans si je devais me sentir offensé. Elles ne cicatrisent pas, ces salopes, elles me rongent ! Ça finira par la gangrène.

Depuis des années tout m'est indifférent. Les gens n'aiment pas cela, ils cessent de vous remarquer. Les miroirs ne vous reflètent plus, l'écho ne vous répond pas. Je voudrais bien guérir ! Mais je ne puis venir à bout du mal noir, je ne puis ressusciter. Des millions d'années ont passé depuis sa mort, et je ne sais toujours pas où je vais, je tourne en rond, je vis dans des endroits où je suis arrivé je ne sais comment. Je suis moi-même un miroir qui ne reflète plus rien.

Elle a été pour moi tout ce que notre galaxie avait de bon, le reste n'était que Neptune et Pluton. Près d'elle, je n'avais nulle envie de feuilleter des livres, avec ou sans images. La musique, le ciel étoilé me parvenaient à travers elle. En elle, le monde entier me montrait sa face aimable, le reste n'était que Neptune et Pluton.

De la fenêtre de ma chambre je vois… Suit une liste d'objets qui me retiennent près de cette fenêtre, dans cette ville, à commencer par le gratte-ciel, et jusqu'au pantalon bleu qui sèche sur la corde. Dans ma chambre… nouvelle liste. Je serai entouré d'objets, je vivrai au milieu d'eux. Si je pouvais échanger ma semi-existence contre une vraie vie, libre, belle, juste, immortelle, celle de tout le monde ! Si je pouvais revenir dans le monde tant qu'il me reste un peu de santé et de force, choisir un métier passionnant, me marier, avoir des enfants ! Ma femme serait douce et humble. La nuit, pour ne pas me déranger, elle voilerait la lumière de la lampe. Elle serait économe et s'occuperait de petits chats. Ou elle serait, au contraire, brusque et catégorique, ferait des remarques intelligentes, s'achèterait des parfums de grande marque, aurait l'habitude de lever un sourcil et de plisser les yeux.

Le vieux colonel gémissait sourdement sur sa couchette, derrière la cloison, tandis que je calculais la vitesse des nouveaux brise-glace arctiques, dernière passion de ma brève adolescence. Je l'entendais grincer des dents : Ah, maudit genou !

Rien ne m'aide à surmonter ma perte, à accepter mon malheur, à m'accommoder avec talent de la catastrophe. Catastrophe personnelle, j'entends, ce sont les seules qui m'intéressent. Je ne sais même pas s'il y en a eu d'autres, dans le monde, ces dernières années. Jadis, j'étais différent. Dans un sous-sol, dans une ville, dans un royaume où nous avions été ensevelis, je l'avais protégée de mon corps. "Je suis roi, je suis esclave, je suis un ver, je suis un Dieu !" Nous avions tremblé ensemble, avec tout le sous-sol et tout l'immeuble avant qu'il s'écroule sur nous. C'était l'une de nos nuits les plus terribles, les plus heureuses aussi.

Son murmure. Ses gémissements. Son cri. Encore un. Et c'est à ce moment que le bâtiment, au-dessus de nous, s'était ébranlé, du sixième étage à la cave. Le bruit m'assourdissait. Le sixième et le cinquième sautaient en l'air. Le quatrième et le troisième s'écroulaient, et les deux qui restaient tremblaient si fort que le plafond de la cave, au-dessus de nos têtes, en se désintégrant, nous couvrait de sable et de plâtre. Elle avait les yeux fermés et me lançait son dernier gémissement de plaisir.

Puis le plafond de la cave céda. Mais pas les murs. Le tonnerre grondait autour de nous. Le sable, une poussière puante, m'entrait dans la bouche. Maintenant je sentais que mon coude avait été brisé par un lourd morceau de plâtre. Elle, sous moi, ne bougeait plus, elle avait perdu connaissance. Le sang commençait à s'écouler lentement de son oreille ronde.

Ils sont venus avec deux brancards pareils. Mon amour. Ma vie. Son visage, on ne me l'a pas montré.

Les médecins disaient : Il n'y a rien à faire ; et le joaillier : Le mal y était, et y restera. Rien ne m'est plus familier que cette phrase : Il n'y a rien à faire ! Les médecins me l'ont dite à moi, non au colonel. Ma femme gisait alors plus blanche que neige, et seuls ses deux yeux vivaient. Ils ont vécu quelques jours encore. Puis, je les ai fermés.

A qui écrire en premier : à Alia ou à Lioudmila Lvovna ? Alia voulait savoir comment j'étais installé. Ce n'est pas difficile. Lioudmila Lvovna m'a demandé de lui parler de Droujine. Ça, c'est une autre paire de manches ! Elle a dû deviner que Droujine n'existait pas, que je l'avais inventé et que je partais sans savoir où j'allais. Nulle part, chez personne. Parfois, on croit se rendre dans un endroit où l'on sera tout à fait seul, et on y rencontre des tas de connaissances. Dans mon cas, c'était l'inverse. Tout a commencé le jour où quelqu'un m'a dit : Faites un effort, Evguéni Petrovitch, on ne peut pas vivre comme ça, vous êtes obligé… Peut-être était-ce l'avoué N., cette âme révoltée ? Que devient-il ?

J'ai rangé mes affaires, je me suis lavé, je suis sorti. Quelque chose m'a frappé à l'épaule : la porte d'entrée. Voici longtemps que personne ne m'avait frappé à l'épaule. La dernière fois, c'était Kaliaguine. Il avait dit : Je ne m'attendais pas à cela de votre part. Vous me mettez dans une situation tragique. A mon âge, je ne puis me permettre de changer de secrétaire. Et il s'était retiré dans sa chambre sans me serrer la main. Je m'étais alors dirigé vers la sortie, j'essayais de ne pas presser le pas. Il n'y avait personne dans la maison, ni dans le monde entier. J'avais descendu l'escalier vide, pris une rue déserte pour aller jusqu'à l'arrêt du bus…

Le désert me poursuit : aujourd'hui encore, ma chambre est vide, la rue est vide, la ville aussi.

Pourtant, les foules vont et viennent, les lumières scintillent, les cimes des arbres bruissent et ploient, les bateaux geignent et mugissent au loin, les voitures surgissent et retournent brusquement sous terre, le ciel est gris et épais au-dessus de ma tête. Rien à voir avec le vieux petit livre que j'ai trouvé sur un banc dans un square public où j'attendais pour aller chez le coiffeur. Il y avait des images et un plan de la ville. Ce livre était ouvert, comme s'il m'attendait. J'ai pensé à cet instant : D'accord, gentil petit livre, je marche cette fois encore. Je vais vivre pour voir ce que ça donne. Puisque même les morts ressuscitent parfois, alors pourquoi pas moi, qui suis vivant ? Mais pour cela il fallait faire quelque chose, prendre des décisions, bouger, s'adapter, inventer des villes, des personnages, des histoires, sa propre vie enfin, participer, emboîter le pas, tenter à tout prix de ressembler aux autres, bref, faire comme si tout allait bien. Et vite, sinon je me transformerais en fossile.

J'écrirai à Alia, sans faute. Elle pourrait dormir sur mon épaule, dans mes bras. Quant à Lioudmila Lvovna, c'est moi qui dormirais sur son épaule, cela va sans dire. Je lui écrirai aussi. Ou plutôt, je n'écrirai à personne. Mes soirées, je les passerai à chercher Droujine dans les rues de Chicago. Il doit bien se trouver quelque part ! Je me suis tellement habitué à l'idée qu'il existait que je finirai peut-être par tomber sur lui. Je l'imagine déjà : rouquin, sérieux, un peu triste même, avec une tache blanche sur le front, et une grosse chevelure. Nous avons tant de choses à nous dire. Si je ne le trouve pas, j'irai plus loin. L'endroit où l'on vit n'a pas grande importance. Et puis, les impressions nouvelles me remontent le moral, n'est-ce pas l'essentiel ? Surtout quand on a un peu peur, braves gens, de devenir soi-même une sorte de Neptune ou de Pluton.

OUVRAGE RÉALISÉ
PAR LES ATELIERS GRAPHIQUES ACTES SUD
REPRODUIT ET ACHEVÉ D'IMPRIMER
EN DÉCEMBRE 1993
PAR L'IMPRIMERIE FLOCH
A MAYENNE,
SUR PAPIER DES
PAPETERIES DE JEAND'HEURS
POUR LE COMPTE DES ÉDITIONS
ACTES SUD
LE MÉJAN
13200 ARLES

DÉPÔT LÉGAL
2e ÉDITION : DÉCEMBRE 1993
N° impr. : 35281.
(Imprimé en France)